からすのえんどう

阿部はるみ

書肆山田

目次——からすのえんどう

からすのえんどう

平坂

Tさんはご在宅でしょうか
いいえ
ああお出かけですか
いつごろお帰りでしょうか
わかりません
受話器を静かに置く
嘘を言ったつもりはない
永遠の不在という在りようの

なんとかろやかなこと

黄泉比良坂《よもつひらさか》ならぬ
平坂を上って
今日も図書館へ行く
「読書坂パーキング」の向かいの
おおしま桜の青白い花が盛りで
曇天を支えるようにして続いている
しばらく独り占めして見入ったあと

カヤツリグサの迷路をたどって
きのこの襞に分け入る
パピルス文書の昔から
人をして
書くことへと駆り立ててきたもの
それは
密かな密かな謀りごと
かびくさい静寂と喧騒が犇めいている
はめごろしの硝子窓の向こうを
人が傘をさして足ばやに過ぎる
猫が物陰へと走り去る
それらは千年も前の幻影だ

遠くで留守電が鳴っている
いつごろお帰りでしょうか

リンデンバウム

般若心経を唱えるのが
このごろの朝の習慣《ならい》
考えないこと
いっとき　空《から》の器になることが心地よい
唱えながら意味を追おうとすると
つっかえる

菩提樹の木の下で
お釈迦様は悟りをひらいたといわれるが
ヨーロッパの街路樹
菩提樹《リンデンバウム》は
インドの菩提樹とは違うらしい
六月には
うす黄色の小さな花房が
びっしり垂れるという

土曜の朝

ドイツ　ヴェルニゲローデ少年少女合唱団の
澄みわたる声の
ボリュームを少し上げる

泉のほとりに
菩提樹は茂って——
重い荷を下ろして木の下で憩う
いっときの永遠
すると
シューベルトの旋律は明かるくおわる

どこであろうと
わたしのいない場所はなつかしい

私信

傘を前にかざして
俯いて歩いてゆく人たちは
みんな行きたいところは別にあって
誰もほんとうのことは言わないで
花散らしの雨に背中をぬらしながら

ポストに投げ込まれた手紙の
筆跡が少し滲んでいて
そこに自分の名前を見ると
いつもかすかに気持が戦くのは
これからも決して出会うことのない私という
ものを一瞬垣間見てしまったような

発想された言葉をそのままに
しておけないのは露出病だろうかと
饒舌体で流してゆくが
いっこうに降り止まない雨だから

流れに従って歩いてゆけば
ひとりひとりの輪郭もあいまいになって
やがてみんな何処かの入口へと
吸い込まれて
ゆく

薬罐

ハンス・カストルプがスイスのサナトリウムに来て七ヵ月
ジーッ
水が焼ける音がする
先に来ていた従兄のヨーアヒムは一年になる
フシューッ
軽くなってあわ立っている
サナトリウムとて特別ではない
人の集まるところには

ねたみもにくしみもうたがいも
ときめきもかんきもせんぼうも
「僕はきみを愛している」
こてん的できほん的
ハンス・カストルプの
クラウディア・ショーシャへの思いは
ついに沸点に達した
カラカラ
薬罐のお湯も沸いている
バルコニーの洗濯物が
雨にぬれている
魔の山（上）がおわりにさしかかっている

分裂し色あせ変質し誤解をまねき
異臭までただよわせる言葉
疲れたそんなときでさえ
立ってゆくと
かたちあるものになぐさめられる
必然から生まれただろう
薬鑵という形状のたのしさ
大部の（下）が佳境に入るのはこれからだ
そのまえに
バルコニーの惨状へ
だいじょうぶ

忘れることを忘れていないから

立ち止まって

窓ガラスは
向こうの風景を見つめすぎた
割れたとき
破片は木木の緑で染まっていた

顔を布で被って

一ヵ月暮らしましょう
それでもわたしたち
愛し合えるかしら
骨格や表情って　何

空全体が
巨大な鳥
という発想

あるいは
巨大な石の
見えない重力
なぜそれを重いと認識するのか

越えられない空間は
たしかに存在する

朝　目覚めるとあたりが暗い

窓はつる草で封鎖されている
わずかな隙間からそっと外をのぞくと
地上は見知らぬ動物たちに支配されていた

＊「マグリット展」より

棚上げ

緑色はところどころ
手付かずの畑が
いちめん霜で被われ
早朝の陽に照らされている
雑木はまだ眠ったまま
紙芝居より早い手が
風景を引きぬいていく
行く先に背を向けて窓際の席

それら　ひとつひとつを
置きすてて為す術もない
千年があっという間に過ぎる
荷物をあみ棚に乗せたまま

おてがみ

いとしい人からの手紙を
何度も何度も読み返して
あなたはすっかり諳んじていました
でもしだいに痴呆が進んで
いまは読むことも思い出すこともできない
ある日あなたは　手紙を
小さく小さくちぎって食べてしまいました
しろやぎさんからのおてがみを

よまずにたべてしまった
くろやぎさんのように*
——すばらしい思いつき

*まど・みちお「やぎさんゆうびん」より

薄日

かつてロシアに大勝した
戦艦三笠の船内を見学したあと
所在ない母は
公園のベンチから腰を上げたとき
はじめて両足で地面に下り立った赤子に戻った
立ち竦んで眺めているのは
一羽の雀だった

冬枯れの高麗芝に薄日が差していて
餌があるとも思えないのに
ほとんど芝生と同じ色の
一羽の雀が
左右に首をふり
チュンチュン
小走りで行っては
また戻ってくる

一日を
くまなく見とどけることは
もうない
それどころか
つい先ほどの
船上で見た東郷平八郎の像も
覚えていないだろう

その日唯一
母は
雀に投影されたなにかしれない

わたしには見えないものを
見ているようだった

ヤモリ

なんの怨みがあるわけでもないが　爬虫類が苦手だ　できることなら出会いたくない　夏の夜　玄関わきの外壁にヤモリがはりついているのを見かけるようになったのは　いつのころからだろう　そばを通りかかってもじっとして動かない　夜の壁の感触が気持よいのだろうか　遅く帰ってきた者も「またいたよ」などと言った　ある朝　新聞を取りに出た門の前にヤモリが死んでいた　涼んでいたところを誰か

に踏まれたのだろう　見るとすぐに　壁にはりついていた彼だと確信した　急いで部屋に戻ると白いハンカチを取ってきて　なぜかあたりを見まわしてすばやくヤモリをくるんで庭の隅の馬酔木《あせび》の木の下に穴を掘って埋めた　ある朝のほんの五分ほどの密葬である　誰にも話さないことで　時おり　このヤモリのことを思い出す

忍冬《すいかずら》

高い崖の樹木を覆いつくしていたのは忍冬だった　淡黄色で唇から舌を出しているような花　ほんのりといい匂いがした　誰かと出会い避けられない渦のなかに巻き込まれてゆく　うそ寒い風が吹いていた　コツ　コツ　コツ　靴音が聞こえてくる　人さらいがやってくる　気がつくと体を横向きにして寝ていた　下になった耳から靴音が聞こえてくる　あわてて体を起こして上向きになった　さらわれていった

らどうなるんだろう　乗物酔いするので　遠足に行かなかった日　どうしてあんなところをひとりで歩いていたんだろう　今では　忍冬なんて他愛もない花なのに

再生

二ページ読んで顔をあげる
もう日は暮れかけていて
親しい闇がちかい
ブラインドの角度を反転させる
わたしへ
止まる足音は
ない

時計の針は二分進めてある
生きるずるさだ
片隅の椅子に
小さく腰かけて

夜半目ざめて
伸ばした右手に
苔の匂い
シダ　ソテツ　メタセコイア　ケショウヤナギ

繁茂する森を
どれほど遡ったろう
明け方
きまってふくらはぎがつる

回転トビラの向こうを
ナウマン象がゆく
ページの奥へ
もっと奥へ

にしても
思い悩むことはない
また会える
ジュラ紀で
浅い川のほとりで

マルト

マルトは俯いている
マルトは不機嫌だ
体調のよい日はめったにない
気分をひき立てるように
赤いセーターを着る
でも光を全身に浴びるためには
裸がいちばん
窓を開けると裏庭から

緑の風が吹き込む
胸にコロンをふりかける

花壇の手入れの手を止めて
室内をのぞき込む
他人の人生を眺めるように
テーブルの上の果物や花びん
もの憂さの添えもののような犬や猫
そこには
自分のいなくなった後《のち》の永遠がある
青い浴槽に体を横たえる

足さきまで一直線に伸ばして
水が光をはじいている
リラの裸身を見つめる
これが
自分を支配する体なのか

マルトは
ポーズしない
ただそこにいるだけ

＊マルト——画家ボナールの妻

微動

マクワウリを食べた縁側に
風が吹くと今も青い匂いがただよう
ひつじ雲が微動だにしないのはうそ
サチコさんは
国木田独歩の「丘の白雲」を諳んじる
――大空に漂う白雲の一つあり――
いや　それはもっと後のこと
時間軸がずれた

それから三十年後
サチコさんは
高村光太郎の「道程」を口遊みながら
早足になって向こうへ逝ってしまった

ひつじ雲は消えて
いまはふたすじ
轍の雲が

わたしのなかに束ねられた
たくさんの記憶のカードは
思いがけず　選ばれて
浮かび上がる
今日　久しぶりに選ばれたのは
親友でもなかったサチコさん
親友ではなかったけれど
今ごろになって
涼しい声を聞かせてくれる

よそ見をしているうちに

ほら
またひつじ雲が現われている

起源

山道を歩いていて
目の前を川に阻まれたとき
近くにあった倒木を渡してわたった
橋の起源はこんな風だったかと思いながら

かなかなが鳴いていて

足もとの現の証拠の繁みに
うすももいろの
河原撫子を見つけた

遠い昔
母のような人が手折ってくれた花
煙のように仙人が現われて
これより先はアンケートに答えないと

行ってはならぬと言う
行き先――川の向こう
目的――母のような人にひと茎の河原撫子を届けること
ひとつも迷うことはなかった

逢魔が時

白木蓮の咲く並木道をタクシーでゆく
芝生墓地にはペンペン草も咲いて
おじいさんが眠っているという
ボクは
会ったこともないが
促されて拝むまねをする
春の此岸

ジャンケンをして出鱈目に
走りまわっているうちに
子供時代はすぐに逢魔が時になる
形見の揺り椅子だけは
いつまでも丈夫で

室内には配線コードが縦横に伸び
日脚伸び
ドクダミの地下茎が伸びる

ボクは
予定表を埋めてゆくのにいそがしい
暗転するまでの束の間
おじいさんになるまでの束の間

そら豆の眠り

体長二ミリの猩猩蠅《しょうじょうばえ》を
払いのける気力もなく
ふわふわの莢の中で眠った
そら豆の眠りを
夢のなかでは
夏だというのにあたりいちめん
雪に包まれていた
この世に

鋭角なものなどひとつもない
というように

「アマゾン」から届いた箱を開ける
われ物を覆う緩衝材は
シロツメグサではなく
空気でふくらんだ
うすいポリエチレンだ

季節がひとまわりして
熱いフライパンのふちにふれて
ヤケドした腕の傷は
ようやく癒えた

橋田さんのドイリー

朝夕の戸口の出入りに
見るともなく視野をかすめるドイリー
ドアノブに手をかけながら
出るときは右側の棚の上に
外から入ってくるときは左側に
なおざりにしてきた歳月が黄ばんでいる

庶務課の橋田さんからいただいた
手あみレースのドイリー
直径二十八センチ
ふちに紫と黄色のパンジーが十六コ付いている

小柄で白いブラウスに地味なタイトスカート
橋田さんは二十代後半と思われたが
ずい分年上の女性に見えた
特に親しかったわけでもないのに
それは思いがけない餞別だった

秘書課の塩谷さんが結婚してから
橋田さんは元気がないように見えた
以前から
橋田さんは塩谷さんのことを好きなのだと
わたしはにらんでいた

ぬるま湯でドイリーを洗った
五十年前のある日

橋田さんが
ひと針ひと針かぎ針で編んだドイリー
今日みたいに
木犀の匂う日だったろうか
あのとき
お礼のハガキ一枚出さなかったような気がする

＊ドイリー――卓上で用いる小形の敷物

卯の花腐《くた》し

名を呼ばれるたび
まぶたがわずかに動く
もう
言っておきたいことなど
何もない
というように
もう
半分は向こうへ

帰ってしまったのか

六階の病室をぬけ出して
横断歩道を渡って
小さな竹やぶの側の道を通り
農協の角を曲がって
小学校の門をくぐる

六年二組の教室では

とっくに授業は終っていて
ひとり　「少女の友」を読んでいた
ごめんね　おそくなって

あれから
瞬時を重ねて
ようやく辿りついた
夢見ていた老年

早すぎもしない
遅すぎもしない
死はだれもが一番のりだ

こちらは雨続きで卯の花が腐っていく
何の役にも立たない

レイコン

深夜
ぬか床の底に手を入れる
ブクブク
あわだつものがある
だれかの霊か
こんなところにひそんでいたのか
かまわずかき混ぜる
きゅうり　なす　大根　人参　かぶ

なんでも埋めてしまう

しょっぱくて少しすっぱい
これって
レイコンの味だったのか

閉じ方を忘れた日

噛むと
コリコリ
さみしい音がして
いくらでも食べられる

梅花藻

一年に一度
八月
ひとつ　ふたつ
やがて川面に咲きそろう
涼やかな白花
地蔵川の梅花藻

子供が学校から帰ってくる
お昼はそうめんとだし巻き卵だね

水鏡から顔を出して
亡き人たちがゆれている
玄孫《やしやご》はふと
足を止めのぞき込んで
ほそい水草をひきぬく
いいんだよ
ふかく忘れていて

*滋賀県地蔵川の梅花藻

ことのは

伝えたかったことを
言葉が遮った
言葉がじゃまをした

反目していた何ものかと
折り合いがついた朝

沈黙と歳月が仲立ちをしてくれた

ひかりがつくるみどりの葉葉
葉脈のひとつひとつを
しらべてみたが

意味の欠片も見つからなかった
呼気を乗せると
かすかな調べとなった

からすのえんどう

離れるほど近づくんだよ
死は二人称とか
もっと目線をひくくして
三日前
赤むらさきの小さな
花だった　からすのえんどう
今日は一人前に莢を付けている
葉の先端を巻ひげにして遊んでいる

輪ゴムが
路上に落ちている
三日前と同じところに
輪ゴムは
可燃物として分別される
同じなかまだ
人もまた

ゆるんだ蛇口から
疑問符が
それでよかったの？
思い出したように
滴る

もう眠りの淵まで下りてきた
止めには行かない

縁《ふち》

こだわりをたち切る
思いを鎮める
眠りはそのために用意されている
旅装を解いて
海と山に挟まれて目を閉じる
が　そんなにたやすく闇に同化できるわけではない
静寂は眠りとは反対に
想念を目醒めさせてしまうこともある

シャガの花に足もとを照らされて
登りつめた石段の寺で
「放下著」という言葉を頂いたのは
いつのことだったたか
ホウゲジャク
〝手放せ〟〝とらわれを放ち捨てよ〟と

どのあたりを越えたら狂うのか

越えてしまえば楽になれるのか
小川の縁で
脈絡もなくひっきりなしに
独り言を呟いている老婆が近所にいた
狂うと
なぜあんなに言葉が繰り出してくるのか
すると　狂わない人はどれほどの言葉を
内側にため込んでいるのだろう
上の息子は戦死
ひとりは病死
三人目でようやく普通の若者になった
うぶ着を濯いだ小川に
すこやかな赤子の顔が映っている

どの人も駆け抜けてしまった
とうの昔に
思い返せば五十代の女性《ひと》だったかもしれない

庭のもみじの葉が血のように染まっている
新芽が赤く吹き出してやがて
初夏には涼しい緑に変わり
晩秋　再び紅葉して散ってゆく
狂うことなく　狂うことなく
毎年同じことをくり返している

*

試練

もの言わぬ地球よ
お前も生きていたのだね
生きて
たえずバランスをとっていたのだね
そのバランスがくずれたとき
地表は裂け
大波がいっきに駆け上がってきて
家を車を暮らしを

さらっていった

形と色彩をとどめない
モノクロの山　山
これを瓦礫とは呼ぶまい
ついきのうまでは
大切な暮らしの証だった
すっかり形を変えてしまっても宝の山だ
その上に粉雪が降り積もり
ひとくきのキンセンカが
手向けられている紙面を

こちら側から見ている
そこに
汚泥にまみれたわたしの死体があっても
不思議ではない

三月十一日午後二時四十六分
わたしはヨガ教室で
あお向けに体を横たえ
心地よい瞑想に入っていた
シャバーアサナといって屍のポーズだ
しかしそれはあくまでもポーズであったから

室内がゆれたとき
すぐに起き上がって避難した
かろうじて生の側にいた

もの言わぬ地球よ
お前のバランスの上で
わたしたちもバランスを取って生きてきた
喪失と再生を繰り返しながら
今はただ
しっかりと見つめて記憶しておこう
目を閉じてふかく想像してみよう

あの日
怯えつつ帰る道すがら
小さな公園に
姿のいいミモザの木が三本
見上げると
黄金色の花のつらなりが
青空に虹を架けていた
その時からミモザは
記憶する木となった

夜はローソクを灯して
ただ祈った
ローソクの冥さは
記憶すること
想像することに
ちょうどよい明るさだった

本書収録の詩篇は「アル」「神奈川新聞」に二〇一一年—二〇二一年に掲載され多少の手を加えた作品よりなる。

阿部はるみ

詩集
『かぐや石』（一九八四年・書肆山田）
『ファンタジーランド』（一九八八年・書肆山田）
『浮く椅子』（一九九八年・書肆山田）
『幻の木の実』（二〇一三年・書肆山田）

連絡先＝神奈川県横須賀市三春町一―二八

からすのえんどう＊著者阿部はるみ＊発行二〇二一年一〇
月五日初版第一刷＊発行者鈴木一民発行所書肆山田東京都
豊島区南池袋二―八―五―三〇一電話〇三―三九八八―七
四六七＊装幀亜令＊印刷精密印刷ターゲット石塚印刷製本
日進堂製本＊ＩＳＢＮ九七八―四―八六七二五―〇一九―八